ISBN 978-2-211-01090-0

© 1968, l'école des loisirs, Paris, pour l'édition en langue française
© 1967, Iela Mari
Loi numéro 49 956 du 16 juillet 1949 sur les publications
destinées à la jeunesse : octobre 1968
Dépôt légal : novembre 2014
Imprimé en France par Pollina à Luçon - L70280

iela mari

les aventures
d'une petite bulle rouge

l'école des loisirs
11, rue de Sèvres, Paris 6e

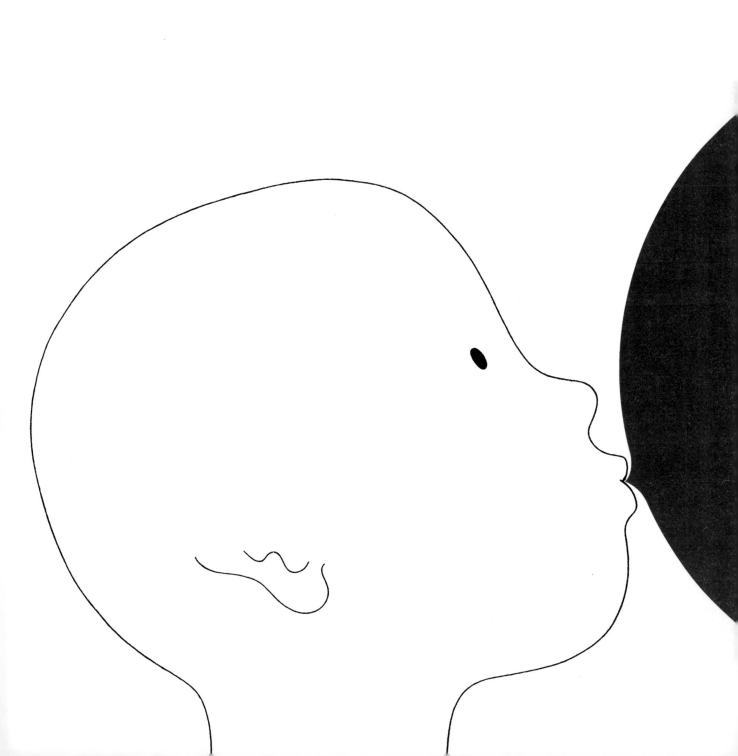

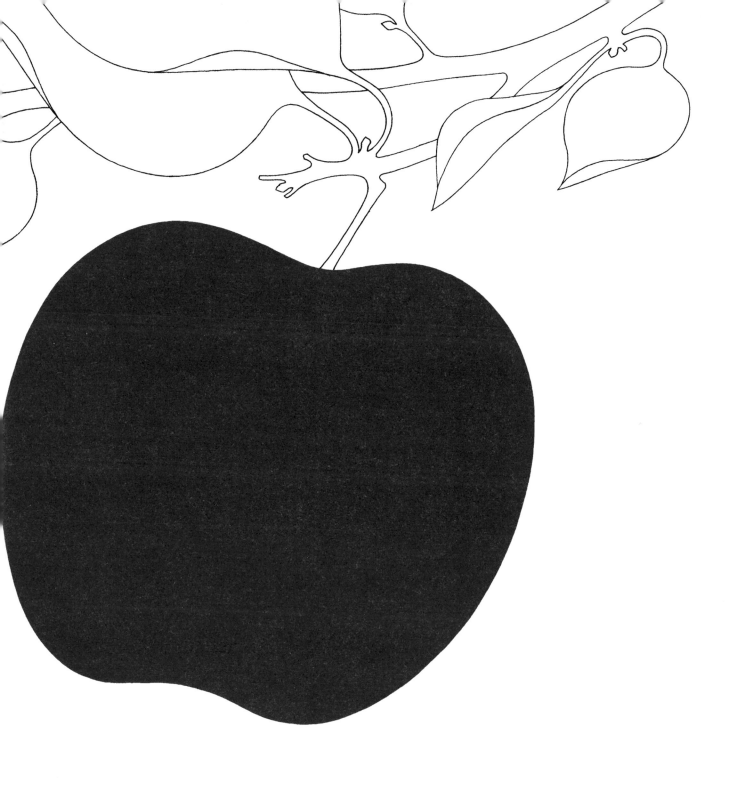

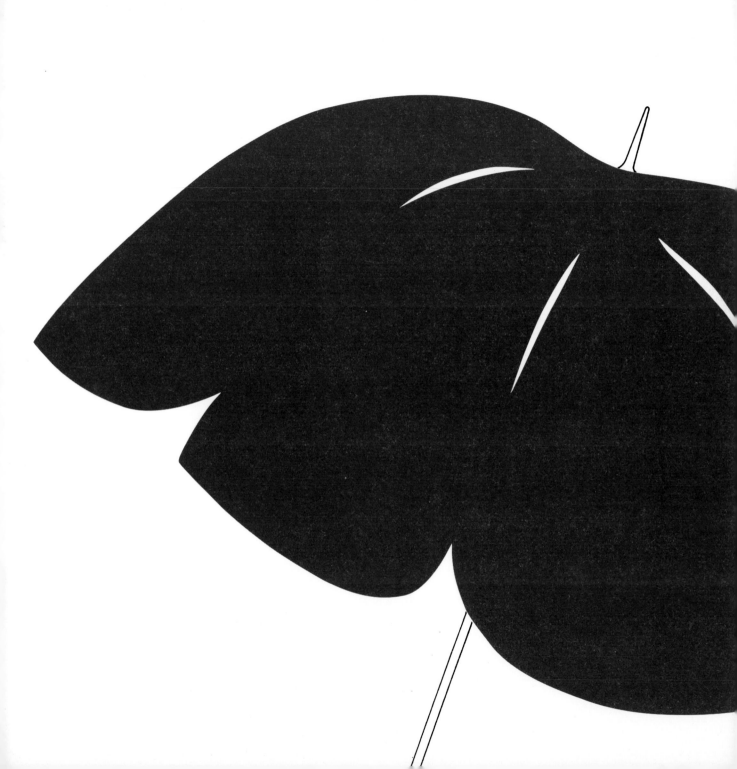

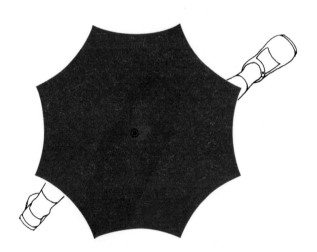